JN260310

金太中
KIM TAE JOONG

わがミクロ・コスモス

思潮社

わがミクロ・コスモス

金太中詩集

思潮社

目次

題字――呉炳学
装幀――思潮社装幀室

わがミクロ・コスモス

わが憂い

わたしの悩みは
山ほどあるが
いずれ崩れ落ちて
いつかは
そのかけらもなくなるだろう

わが悩みが通じる人は
ひとかけら

それはわたしの変身といってよいだろう
それも
いつかは消えるだろう

わたしが
わたしを見失ったとき
それでもきみは
記憶のなかで
わたしをあたためてくれるだろうか

ひとよ
わたしから君の記憶が消えても
それでも
きみは
いつまでもぼくの記憶を

つないでいてくれるだろうか
わたしの悩みは
きみの憂い
ひとよ

2009.3.31

愚か者

ひとは
ときに荒唐無稽の話に踊ることがある
でたらめなことが分っていて
もしかしたらと思うことがある

自らを猜疑する人は
いない
猜疑は

ひとの心を踏みにじる
わたしが苦しむのは
いつもわたしを置き忘れて
ひとの愚かさを嗤うとき
そのあと
わたしは深い孤独に沈む

自らの愚かさに
目覚めたとき
ひとは
はじめてひとを愛することができる

2009.4.8

四月

Eに――

四月は　花の季節
齢八十を前に
わたしは
痛んだ神経を持て余し
これまでの生涯に亘る恥辱を
一気に吐き出している

内気だった幼少の頃の屈辱と

目覚めた青春期の昂揚が
破裂し
老年のわたしを
痛みつける

わたしは
今になってことばを超えた
捉えどころのない衝動に
おろおろしている

ひとよ
嘆き悲しむな
わたしの行末は
すでに
見えざる運命の手に

しっかりと
委ねられている

2009.4.11

わがミクロ・コスモス

わたしの書斎には
伊豆の修善寺で買った般若の面と
ソウルで購った
老男女の
河回仮面《ハフエ》＊が睨みあっている

この配置には
わたしの潜在意識が

はたらいている

ひとの好き好みは
他人には推しはかれないが
わたしの滅裂の性格が
わたし自身を
冥暗の世界に押しこんでいる

東洋の面の隣に
ナイロビの骨董店で掘り出した
若い黒人女性のリベリアの面が
飾られているが
なんの疎外感もない

これらの雑多な飾りものが

わたしの日常を
居ながらにして
非日常の世界に誘いこんでくれる

老いの身に
日日の移ろいは
日常だが
これらが
わがミクロ・コスモスを象《かたど》っている

2009.4.19

＊河回仮面＝もと慶尚北道河回洞で作られ、祭りに使われた韓国最古の仮面。なお、二〇〇七年八月に出版した詩集『仮面』に、本作品を想わせる、「仮面と向き合う老人」が収められている。

生涯の果てに——

先に逝きし子よ

時は
流れている
人は
自らの人生を遡ることがあるが
それは
生きることへの深追いを避ける
逃げ道かもしれない

自らの生涯の果てが
見え隠れするとき
ひとの素顔が
顔を覗かせる

わたしは
苦渋にみちて
逝くのは真っ平だが
さりとて
安隠めかすのは
わが生涯に
ふさわしいとは思わない

生死は
触れてはならぬ

領域

2009.4.26

ワガ宿命

誰シモガ自ラニ執スルモノダ
執スルコトハ生ノ証シ
憎シミハ
至ラヌワガ身ヘノ復讐

故ナク他人《ヒト》ニカカズラウノハ
悲シキ性《サガ》
幼イコロカラ身ニツイタ

シガナイ習性ナノデアロウ

アルイハ
八十路ニナンナントスル
老人ノ
醜イ執着心ノ故カモシレナイ

ワタシハ
宿世ノ狭間ヲ
未ダニ悶悶ト渡リ歩ク
愚カナ
老人ナノデアロウ

2009.5.6

晴レタ日ニ

晴レタ日ニ
ドシャ降リノ雨ノ日ヲ
想ウ人ハイテモ
ズブ濡レニナル人ハイナイ

鬱鬱ノ日日ハ
人ヲ陰陰トサセルガ
ソレデ日日ヲツナイデモ

人生ガ変ルワケデハナイダロウ

晴レタ日モ
雨ノ日モ
ワタシノ生キザマニ
誰モ口出シハデキナイ

長イ一生ヲ
顧ミテ
晴レタ日バカリヲ
想ウ人ハイナイ
陰陰滅滅ノ暗イ日日バカリダト
想ウ人ハ
病ンデイル

イタズラニ
歳月ヲ重ネテハイルガ
ワタシハ
病ンデハイナイ

暗イ日日ノ記憶ガ
晴レタ日ヲ
浸食シテイルワケデハナイ

ワタシハ
凡凡ノ日日ヲ
何クワヌ顔デ
生キテイル

2009.5.9

夢

ワタシハ
サマザマナ夢ヲ見ルガ
現実ニ存在シナイ風景ヲ
見ルコトガアル

夢デヨク見ル風景ハ
モンタージュ　サナガラダガ
知リ得ル筈ノナイ

幼イココロノ心象風景ガ
アラワレルコトモアル

コレラノ
夢ノナカノ風景ハ
トキトシテ
ワタシヲ苦シメル
潜在意識ガ
ソウサセルノデアロウ

潜在意識ハ
目ガ覚メルト
跡形モナク
消散スル

時トシテ
ワタシハ
夢ノナカノ風景ニ
安堵スルコトガアル

ソレデモ
夢ガ現《ウツツ》デアルコトヲ
願ッタコトハナイ

ワタシハ
夢ト現《ウツツ》ヲ取リ違エルホド
愚カデハナイ

2009.5.11

思イ入レ

似タコトバダガ
思イ込ミト
思イ入レノ
ニュアンス　ニ
ワタシハ
ハットスルコトガアル

思イ入レハ

深イ渕ノ澄ンダ
淀ミノナイ情景

思イ込ミハ
清濁併セ呑ムトイエバ
キコエハヨイガ
喝采ノ声ガ
カスレテ聞エルナカデノ
三文役者ノ
大見栄ニモ
似テイル

人生
ソレドコロジャナイト
イワレレバ

ソレマデダガ
ワタシハ
イッタイ
ナニヲ支エニ
生キナガラエテ
イルノダロウ

2009.5.15

私の一生

迂闊なことだが
八十年近い生涯の果てに
ふと
わたしは何者で
わたしの長い一生の後先《あとさき》に
何が在ったのだろうかと
想ってみた

わたしは

これまで
わが一生を取り立てて
思案したことはないし
生死を懐疑したこともない

それでも
激しい
哀楽に明け暮れたが
ヒトの一生は
こんなものかも知れない

わたしは
長い生涯を生きてきたが
時として感情が先走りする
昂《たか》ぶった感性は

これからも
続くだろう

わたしは
自らの生死に触れるほど
愚かではない
それが
摂理だと割り切っているわけでもない
自らの生き様を人にひけらかすほど
悟ってもいない

わたしは
これまでのように
さり気なく生涯を過すだろう

2009.5.17

生涯の果てで

性来　怠惰なわたしだが
生涯の果てが
見え隠れするようになってからは
わずかに澱んではいるが
ゆったりと流れる河を眺める
心境に似ている

生涯の展望が展けていない頃は

誰もが
生死を
ふかく考えることはないだろう

老いて
生死にかかわる病いに臥せていたときも
自らの生涯の行く末に
深い想いを致すことは
なかった

生死は
人間の想念の
外に在る

人の一生にかかわりなく

時の流れは
やむことがない

久し振りのシンガポールで
2009.6.22

暑さのなかで

夏の暑さは
時間を跨いだり
空白ができたりで
肉体が宙に浮き
時の流れが
みだれに　みだれている

時が正常なのは

人間の向う側にある世界のことで
人びとは
みだれに　みだれ　日常のなかに在る

みだれた日常のなかで
人間は
時を処理して生活している
ふしぎな存在なのだろう

しかし
人間以外の萬象が
同じ地球上で
難なく生存しているのは
ふしぎとしか
言いようがない

夏の暑さのなかでも
わたしは
我儘で
自由な生きざまを
求めて生きている
とるに足らない
ちっぽけな
存在にすぎない

2009.7.19

偶感

崩れ落ちて行く
わが肉体に
私は辟易している
肉体への蝕みは
私の人生への蝕みであり
わたしの内なるものへの攻撃であろう

私は

私を蔑《ないがし》ろにする
わが内なる妖怪に
たじろぎ
ときに忿怒するが
それらを蹴ちらす手だてを
知らないわけではない

老年のいま
それが
わが生涯で
いかほどのものなりやと問うているにすぎない

時は流れ
過ぎた日日の
追憶が忍びよるが

老いの身には
生涯の
気だるい憶いの
ひと駒にすぎない
已んぬる哉

2009.8.14

八十年の歳月を顧みて

八十年もの歳月を重ねると
悦びと
失意に沈む日日が
綾をなしている

日が昇り
日が暮れて
生涯が過ぎて行くが

わたしは　いま
変化の乏しい日常に
食傷している

それでも
昨日　今日と
時は流れて行くが
まがまがしい日日と
有頂天に舞うときの落差に
おどろくこともある

ひとよ
われらは
宇宙の片隅で
命をつないでいるにすぎないが

なぜ
こうも現《うつつ》の哀歓に
こだわるのだろう

私にとっての
八十年の歳月は
過ぎた日日の
スクリーンに映し出された
ひと駒
ひと駒にすぎない

2009.8.19
八十歳の誕生日に　香港で

異国の旅先で

ひとは
誰もが孤独な空間に生きているが
自分以外の存在に
なり代ることは
できない

ひとは
歓びに包まれて誕生するが

死は
絶対孤独のなかで
人を寄せつけずに
滅びの道を歩む

ひとよ
きみが永遠に消え失せたなら
わたしは
どうすればよいのだろう

私の死は
君にとって
何なのだろう

ひとよ

私が滅びたあとも
きみは
きみの生ある限り
わたしの亡骸に
語りかけてくれるだろうか

ひとよ
誰もが流れてやまない時間とのたたかいに
克つことは
できない

愛するひとよ

2009.8.19　香港で

ひとの一生

ひとの一生は
息を引きとったときに
終るが
そんなものだろうか

ひとは
だれもが
似たサイクルのなかに

生き
存在している

もうひとりの
見知らぬわたしを
わたしは
確かめる術がない
親しく会話を交わすこともなければ
悦びや悲しみを
分ち合うこともない

ひとよ
もうひとりのわたしが
わたしを
見据えていたとしたら

きみは
安堵するだろうか

ことばは同時に発することはできず
わたし以外のわたしが
わたしを卑下することも
悦び合うこともできない

それでも
わたし以外のわたしが
わたしを
じっと瞠めているのが
わたしには
わかる

わたしが世を去ったら
もうひとりのわたしは
わたしを
どう扱うだろうか

ひとよ

2009.9.12

（幼いころ）

幼いころ
わたしは茫茫のなかで
息を凝らしていた
凋んだままの草木のように
暗い闇のなかに閉じこもっていた

わたしは人に抗うこともなく
また自らを嘆くこともなく

まして
泣き喚くこともなく
おし黙ったまま
日日を過していた

わたしが
わたしに目覚めたのは
一九四五年
十六才のときだった

わたしは坂道を駆け上り
声に出すこともなく
自らに快哉を叫んだ

ひとは

自らのことを人に明かすとは限らない
見えないまま
そして
気づかれないうちに
変身することだってある

鬱鬱の日日と
雀躍の日日に
いかほどの差やある

わが生涯よ

2009.10.2

わたしではない　わたし

わたしは時として
茫茫のなかに身を沈め
自らの存在を忘れて
虚空を彷徨うことがある

ことばに見捨てられても
わずかでもつながっていたいのが
人の常だが

ことばに縋っているわたしは
醜い存在にすぎないのかも知れない

否
老醜をさらして
尚
恬としているのは
すでに
わたしが
わたしでなくなっているからかも知れない

それでも
わたしが
わたしを見捨てて
わが伴侶を探し求めたとすれば

わたしは
何ものなのだろう

2009.10.23

ことばが生れるとき

わたしは
時としてわが肉体と情感の
はげしいのたうちに
身を任せることがある
わが感性は
わが身の外にはみ出し
他人には感知できない世界に
沈むことがある

このとき
わたしは
全き状態にはない
人にわが心のうちが
伝わる筈もない

だが
わたしが
わが内なる情感の外に
はみ出したとき
奇癖と奇矯に
どれほどの違いがあろうか

わたしの原形が

わたしを粧って奇矯の振舞に及んだとき
わたしは
ことばを失い
ただ
沈黙する

ことばは
人に理解されて
はじめて
ことばになるのだろう

わたしの詩は
わが内なる疼きであり
独りごとでしかない
そのときのことばは

からだのなかから食《は》み出したにすぎない

わたしは
ことばとは言えないことばで
日常を離れようと
もがいている

2009.11.4

秋天

北京オリンピックの前に
同地に遊んだとき
北京の空は
いつもスモッグに濁っていた

梅原画伯の〝北京秋天〟は
その片鱗も見られなかった

あれから訪れてはいないが
自然の風景でさえ
姿を変えるのに
歴史のめまぐるしい変化は
一炊の夢に過ぎないのかも
知れない

秋天と言っても
どしゃ振りの
凍える日を想う人は
いないだろう
人の一生も
記憶にあるもののみに
限られるだろう

さまざまな歴史は
そんなものかも
知れない

2009.11.8

わが一生

想えば
わたしが最初に詩を書いたのは
中学生のときだった
抑えがたい激しい情感の吐け口として
書きとめたのだろう

少年の情感は
理知を伴わない

わたしは
汚辱を知らないまま
小さなからだに溜めこんでいった

あながち
わたしが愚かだったわけではない
ひとには言えない
コムプレックスが
多感なわたしを苦しめ
わたしは成長して行った

ひとの一生の根源は
累代にまで遡るべきかも知れない

愚かな

わが一生よ

2009.11.14

詩作

詩を書こうとして
詩が書けるわけではない
中学生のとき
友人と詩の交換をしたことがあったが
まだ熟していない少年の心の動きを
綴ったにすぎない

少年時の詩は
ことばのよき表現には程遠いが

共感を期待しない
独りよがりの
生《うぶ》な叫びだったのだろう

詩が人の心を揺さぶるのは
表現の巧拙だけではないだろう
詩のことばは
ことばを離れたとき
人がその共感を呼ぶものだ

わたしは
自らの作品の善し悪しを
知らないし
知るはずもない

2009.11.17

きみとわたし

わたしは
惰性だけで生きているわけではないが
生へのつよい執着に拘ってもいない
わたしの歩んで来た道は
みんなが歩んでいる道と
同じ道だが
わたしだけの道が
ないわけではない

だから
わたしの道は
きみの歩んできた道とは
どこか違うと
思うことがある

わたしが
きみでないことは
誰でも知っているが
わたしは
わたしのなかのきみを
拒んだことはない
きみが
わたしそっくりの体《てい》で生きていたとしても

きみが
わたしと同じだと
思うひとはいないだろう

わたしが
わたしの影武者のような
人に逢っても
わたし自身は
気づかないし
他人が
取り違えることがあるだけだろう

わたしと
きみとは
いつまでも

きみと
わたしだ

2009.12.13

冬の日に

きびしい寒さに身も心も凍える真冬の一日
わたしは
周囲に目をやるでもなく
わが心の襞を苦にするでもなく
ただ
窓の外を見るともなしに
眺めている

霞にもやっている
八十年の歳月に
わたしは
打ちひしがれもせず
深い渕に
澱んでいるでもない

真冬なのにけだるい日日だが
わたしは
過ぎた日に現《うつつ》を見ず
明日のことを
想いめぐらしているでもない
過ぎた日日よ
駆け足でゆく
わが過ぎた日よ

わたしは
いま
満ちたりていた
日日の想いに耽らず
ひしがれた過ぎた日日を
想うでもない

駆け足で過ぎ行く
わたしの伴侶
過ぎ行く日日よ

2009.12.23

ターツンの歌
——荒涼の季節に

荒涼の季節
大地は寂寥に充ち
吹き上げる疾風に耐えている

I

二十世紀半ばの　とある日
わたしは正体の見えない伝説に触発され

不在の神を探しに
夜の歓楽の街に出かけた

喧騒の街は
瞬いてはいるが
人びとの呻きが流れ
昏い吐息が逆巻いている

神の不義の子らが戯れ
グリーンのスカートの遊女《あそびめ》は
偽善の触角をのばしている

Ⅱ

干乾しになったくらげの故郷は　海

そこから
救いを求める呻きが聞える
自然がわれらを呼んでいる
われらは仲間に飢えている

わたしは小川の岸に立ち
澄んだ流れにでれでれの汚れを流し
川底の田螺に親しい共感を抱いたが
無残なり
この輩にわたしは侮蔑の底に突き落とされた

放心のわたしに雨上りの蟇が
わたしの指を舌先でしゃぶり
自失のわたしを睨んでいる
この愚かなわたしを　ひとよ

嘲笑う勿れ

Ⅲ

すべては　いつか一切が崩れ落ちるものだ
空洞をゆるがす空しいひびきに
わたしは恐怖を覚える
沈黙がわたしの体内から洩れ
自虐の煙となって吐き出される

幼い日の記憶が蘇り
ひとときの安息にわたしはほほえむ
青春のとある日の夕暮れ
夜の湖の沖に身を進めたわたしは
無惨にも節操のない季節に翻弄された

Ⅳ

遠く洩れてくる
群衆のどよめき
過ぎた日日の
悔恨と
罪業を燃やしながら
わたしは　歩く
ひた　歩く

＊この詩は一九五一年、同人誌「カイエ」三号に発表された未熟で拙い詩を改作したものである。原詩は、一九〇行。
ターツンは、学友のK君から教わった、彼が生まれ育った広東語での〝太中《ターツン》〟の呼称からとったものである。

2009.12.30

ことばの渇き

わたしの体は
からからに渇いている
ときに　ことばを忘れ
ひとの名はイメージだけが先に立ち
名前を出さずに
会話を交すことがある

ことばは人のいのちだが

わたしのいのちは
抽き出しに入ったままのことがある
まだらな記憶は
わたしを置きざりにして
感性の渦に身をあずけることがある

忘れたことばは
言い換えができるが
ひとの名前は
言い換えができない

ことばは語り手の固有のものだが
わたしにとっての
ことばは
生きていく上での

つなぎでしかない

それでも
わたしは　強い意志で
ひとにことばを発するが
生きることは
ことばを紡ぎ出すことと同じなのだろう

ひとよ
老若は人の常

わたしが
わたしを忘れることはないし
わたしの前にわたしがおり
わたしのうしろに

わたしがいる

ひとよ
わたしの感性は
いつも
ことばとともに在る

2010.1.2

冬の朝に

きびしい冬の朝まだき
北国の友と電話で会話を交していると
わたしにまで
あまりも長かった北国の果てでの日日が
うそうそと押し寄せてくる

一瞬
先の見えてきた

わが一生の
さむざむとした心象風景が
わたしをおそう

寒さで
過ぎた日の想い出までもが凝《こご》り
明けて行く真冬の朝の
透き通った想い出を
わたしは
しずかに吐き出す

寒さで
からからに渇いた大地から吹きこむ
冷たい風を
わたしは

深い思念に耽ることもなく
力なく吸いこむ

ひとの一生には
このように凝《こご》るような
記憶に
吹き曝されることもある

八十年の永い月日だったが
凍るような寒さの朝
わたしは
白い息を吐き出しながら
生き永らえている

2010.1.26

老いの日日に

わたしは　時に
とり立てて語るほどではないことに
総毛だつことがある
年齢《とし》がそうさせているのであろう
げに　歳月は
ままならぬもの
己を知りつくしたつもりが
歳月に振り廻されている

わたしは　間間《まま》
わたしを忘れることがある
そのわたしが
わたしを見出すのは
人びとのなかに
わたしを　じっと見据えてくれるひとが
いるとき

わたしは
放浪の人ではない
人びとのなかに
そっくりの人がいるとは
思ってもいない

わたしは
わたしを見下げることはないし
老いてはいるが
わたしを安きにおいたこともない

ひとよ
それでも　わたしは
老いてきている

2010.2.2

虚空

乾坤一擲
とめどない夢をみていたのは
いつの頃だったろうか
老いたいま
わたしの血は逆流することもなく
自らの想いを人に語ることもない

侃侃諤諤の論議のあと
自省に身を委ねて静謐を求めた

若い日を思うとき
わたしは　いま
身じろぎもせず虚空を眺めている

存在しない空間である虚空は
わたしの生涯の象徴であろう

はしゃぎまわった日日が
走馬燈のようにまわる
燈籠の灯はいつかは消えるだろう

人生を是非するのは愚かなこと
自らの一生は
自らが始末をつけることだ

2010.2.4

生き死に

むかし
〈生きる〉という映画を見たことがあるが
老いた今見ても
特別の感情は湧かないだろう

自らの生き死には
自分だけのこと
ひとの死を嘆き悲しむのは

自らの死に思いを致すからだろう

わたしは
自分の死を
己れ以外の者に語る術を知らない

わたしは
自らの死を
身近かに考えたことはないが
避けていたわけでもない
癌の手術のあと先にも
死の恐怖にとりつかれた記憶はない

死は
生を享けた者の

自明のことだからかも知れない

生き
死には
裏腹の現象に過ぎない

2010.2.7

老いの身に想う

老いに身を任せ
崩れゆく萬象の記憶に
萬感の想いが揺れ
哀楽に身を委ねていると
わたしは
生死の境を舞う
枯葉でしかない

わたしは　存在しているのだろうか
わたしは　生きているのだろうか
わたしは　愛を知りつくしたのだろうか

ああ
わたしの人生は
何だったのだろう

2012.1.8

あとがき

この度『わがミクロ・コスモス』を思潮社から出版するが、これ迄、私は次の詩集を出してきた。

一九五四年　『囚われの街』書肆ユリイカ
二〇〇五年四月　『わがふるさとは湖南の地』思潮社（これは北海道新聞文学賞を受賞）
二〇〇七年八月　『仮面』思潮社
二〇〇八年八月　キム・ギョンファ女史の翻訳による韓国版『わがふるさとは湖南の地』又石大学出版部
二〇〇九年五月　『高麗晴れ』思潮社

思潮社からの刊行については、呉炳学画伯と、編集には亀岡大助氏の尽力があったことを記し、感謝の意を表したい。

二〇一二年七月

金太中

わがミクロ・コスモス

著者
金《キム》 太中《テジュン》
発行者
小田久郎
発行所
株式会社 思潮社
〒一六二―〇八四二　東京都新宿区市谷砂土原町三―十五
電話〇三（三二六七）八一五三（営業）・八一四一（編集）
ＦＡＸ〇三（三二六七）八一四二
印刷
三報社印刷株式会社
製本
小高製本工業株式会社
発行日
二〇一二年八月十九日